SCÉNARIO :
CORBEYRAN et HAMM

DESSIN ET COULEUR :
GRUN

La Conjuration d'Opale

2. La Loge

« Les hommes, comme les autres êtres,
ne sont qu'une partie de la nature, et j'ignore comment
chacune de ces parties s'accorde avec le tout,
comment elle se rattache aux autres. »

SPINOZA

Merci à toute ma famille de Bordeaux
(Sancenot, Laborde, Hulin et Bonnaud)
et à mes deux scénaristes et amis Éric et Nico.

GRUN

Merci à Anne-Marie pour sa version latine.

Merci à Patricia pour ses recherches documentaires précieuses.

Merci à Dominique pour les savants conseils
et les leçons d'histoire des mathématiques.

NICOLAS HAMM

www.dargaud.com

© 2006 DUBOIS - CORBEYRAN - HAMM - DARGAUD BÉNÉLUX (Dargaud-Lombard s.a.)
PREMIÈRE ÉDITION
Tous droits de traduction, de reproduction et d'adaptation strictement réservés pour tous pays.
Dépôt légal : d/2006/0086/136 • ISBN 2-87129-879-3
Imprimé en France par PPO Graphic - 93500 Pantin

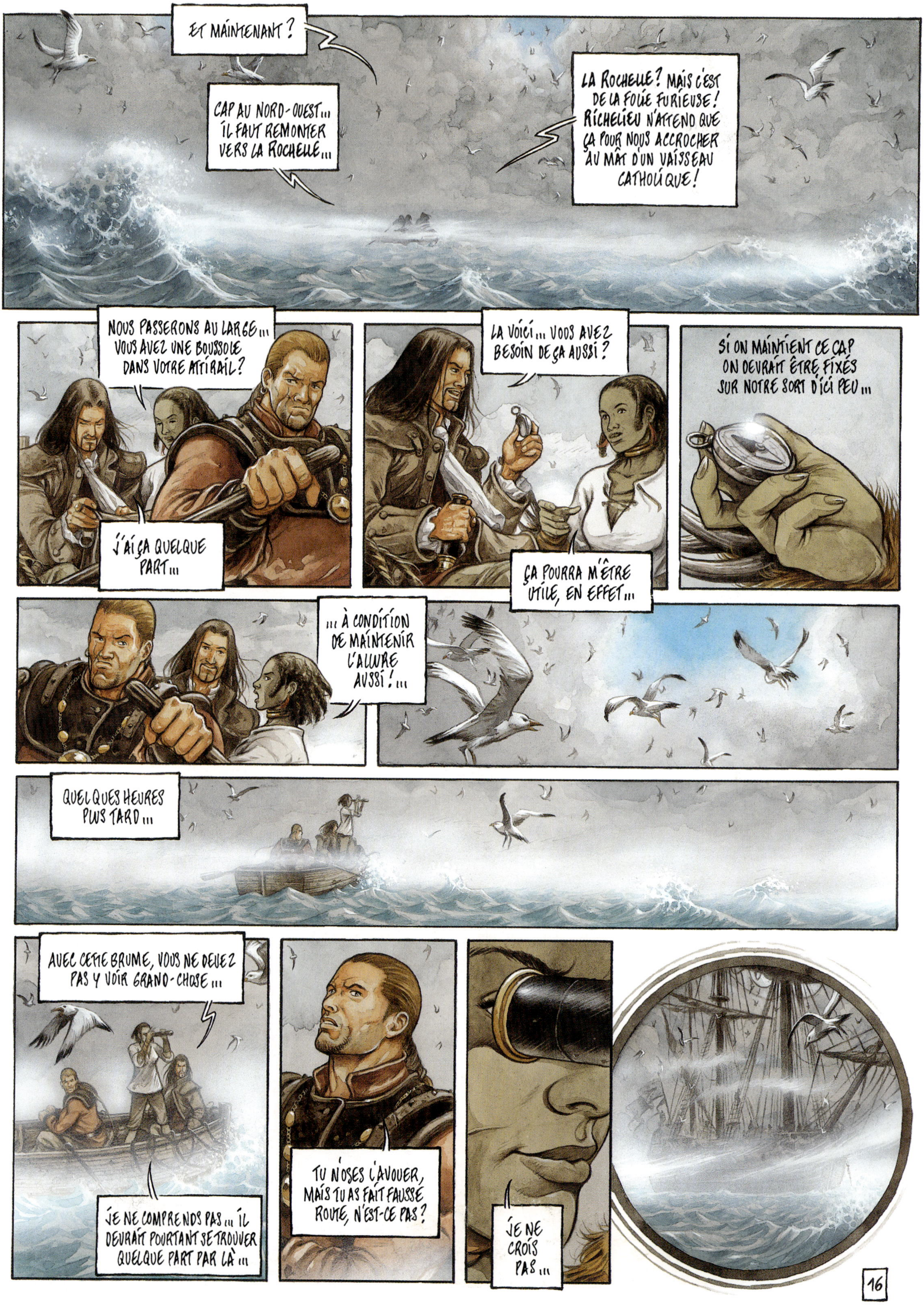

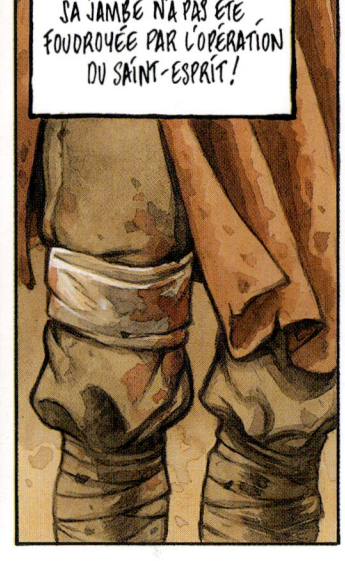

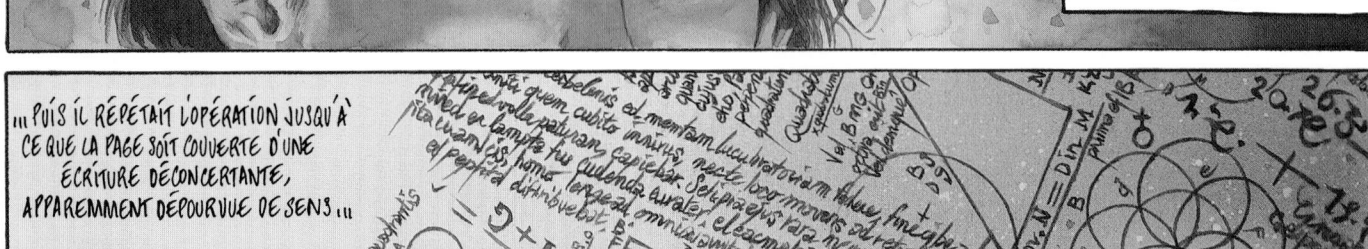

1 "Tout être provient d'un germe". Phrase empruntée à William Harvey qui découvre la circulation du sang cette année-là au Royal College of Physicians de Londres.

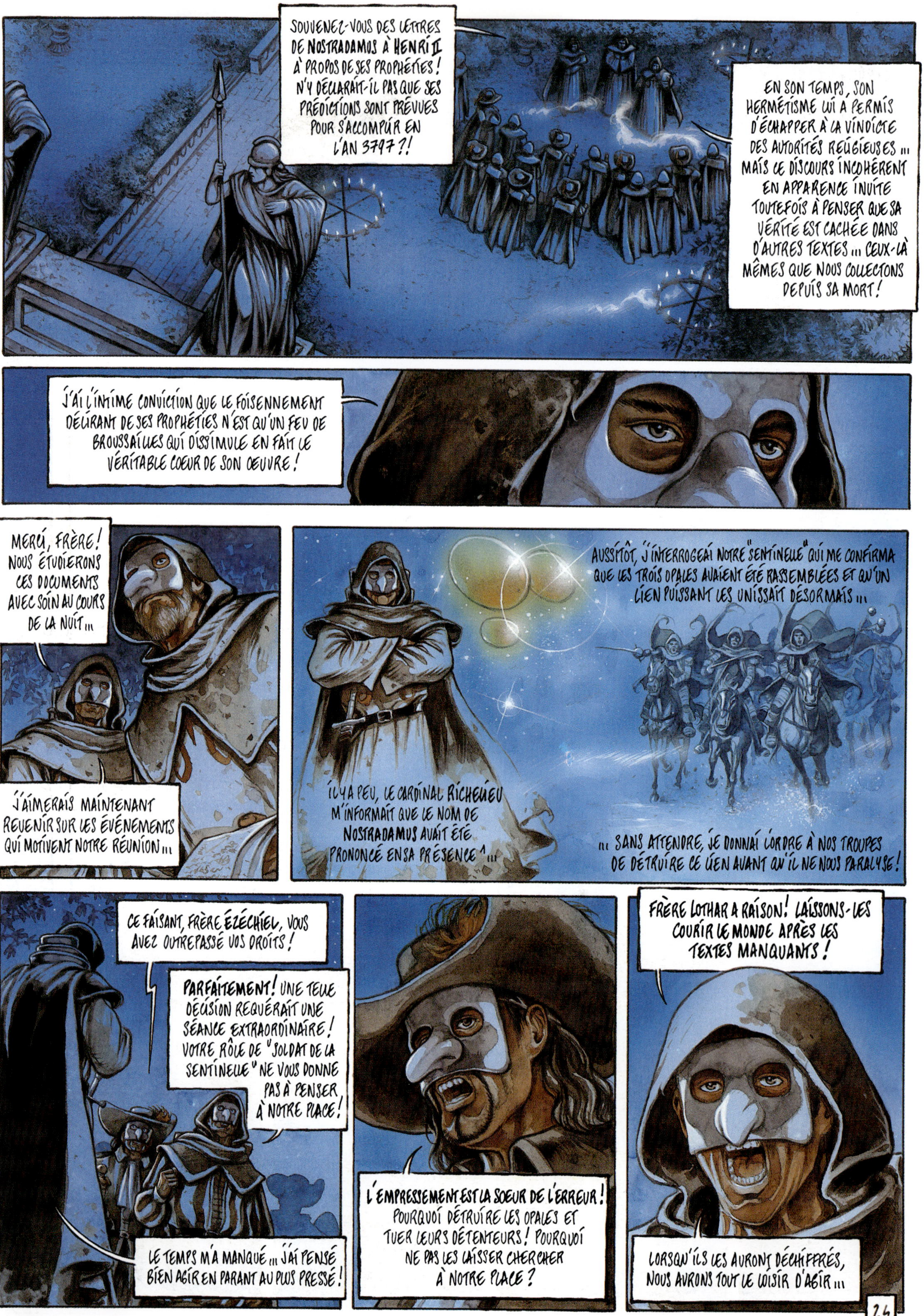

[1] Nostradamus se prénommait Michel.

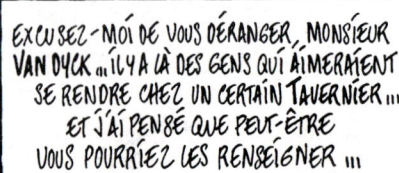

Quelques minutes plus tard...

Vous êtes sûrs qu'on suit toujours le bon chemin ?

A priori, oui... D'après les indications fournies, il semble que cette ruelle soit le fameux raccourci... La vraie question est celle-ci : doit-on se fier à des ivrognes, fussent-ils peintres de talent ?!

Tout ce que je sais, c'est que cette puanteur est épouvantable !

Et s'il n'y avait que l'odeur ! Mais regarde... là !

Et là ! L'endroit est infesté de rats !

...Il y en a partout !

C'est répugnant !

Et très étonnant !... Car nous n'en avons pas croisé autant en quittant le navire...

C'est à croire que tous les muridés alentours se sont donné rendez-vous ici...

Hâtons-nous de nous sortir de là ! Ce ne sont que des bestioles, après tout, et nous n'avons pas toute la nuit devant nous !

Il en vient d'autres...

ATTENTION !

JE DOIS Y RETOURNER... CONTRE CET ENNEMI INVISIBLE, SEULE COMPTE NOTRE RAPIDITÉ À RÉGLER CETTE AFFAIRE...
VOUS AVEZ DÉPENSÉ BEAUCOUP D'ÉNERGIE VITALE POUR FAIRE REFLUER LE SORTILÈGE...
...LA PRUDENCE VOUDRAIT QUE VOUS PRENIEZ QUELQUES REPOS...
OCCUPEZ-VOUS DE NOS AMIS...
SI VOUS ÊTES AUSSI SAGE QUE SAVANT, VOUS SAUREZ LES RAMENER À LA VIE...
LA MOUNA
33

— HEM!... PARDONNEZ-MOI, MONSIEUR...

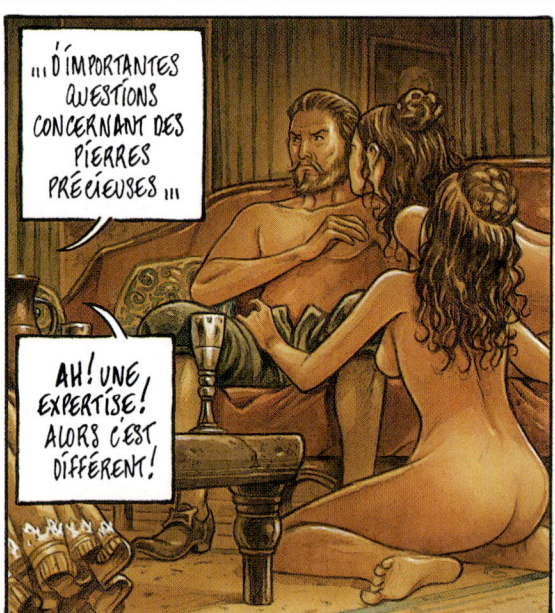

— ...IL Y A UN MONSIEUR QUI DEMANDE À VOIR MONSIEUR...

— QU'IL ENTRE ET SOIT LE BIENVENU! ET SI SA TÊTE NOUS REVIENT, NOUS LE CONVAINCRONS DE RESTER AVEC NOUS JUSQU'À DEMAIN MATIN!

— JE SAIS À QUEL POINT LA VISITE D'UN INCONNU À UNE HEURE SI TARDIVE DOIT PARAÎTRE INOPPORTUNE, ET JE M'EN EXCUSE...

— TARATATA! PARLEZ SANS CRAINTE, MON AMI! ET SERVEZ-VOUS DU VIN SI LE CŒUR VOUS EN DIT!

— NON MERCI... IL S'AGIT D'UNE AFFAIRE URGENTE...

— ...D'IMPORTANTES QUESTIONS CONCERNANT DES PIERRES PRÉCIEUSES...

— AH! UNE EXPERTISE! ALORS C'EST DIFFÉRENT!

— VOYEZ ÇA AVEC MON FILS! CE TRISTE SIRE NE SAIT PAS PROFITER DE LA VIE! IL DOIT ÊTRE DANS SON ATELIER À L'HEURE QU'IL EST!... ...PENCHÉ SUR SES MAUDITS CAILLOUX!

— LÉOPOLD! CONDUISEZ MONSIEUR JUSQU'À L'ATELIER DE JEAN-BAPTISTE! ET RAPPORTEZ-NOUS DU VIN! ON EST À SEC!

— BIEN, MONSIEUR...

— PAR ICI, MONSIEUR...

34

VOUS NOUS QUITTEZ DÉJÀ, PIERRE PAUL ? LA SOIRÉE VIENT TOUT JUSTE DE COMMENCER...
PARDONNEZ-MOI... UN LÉGER DÉRANGEMENT...
JE REVIENS DANS UN INSTANT...
...
?!
QUELQUE CHOSE NE VA PAS, MONSIEUR ?
CE N'EST RIEN... JUSTE UN PEU DE FATIGUE...
ÇA VA DÉJÀ MIEUX...
C'EST PAR ICI...
TOC TOC TOC
ENTREZ...
35

JE SUIS CONFUS DE VOUS IMPORTUNER DE LA SORTE À UNE HEURE PAREILLE ...
IL N'Y A PAS D'OFFENSE ... TOUTEFOIS, JE NE SUIS GUÈRE PRODIGUE DE MON TEMPS, MONSIEUR ...
DITES-MOI CE QUI VOUS AMÈNE ...
CECI ...
PERMETTEZ ?
CE SONT DES OPALES ...
JE CRAINS QUE VOUS NE FASSIEZ ERREUR ...
QUE VOULEZ-VOUS DIRE ?
RIEN DE PLUS QUE CE QUE J'AI DIT ...
?!?
CLAC
CLAC
CLAC
JE N'APPRÉCIE GUÈRE VOTRE FAÇON D'AGIR, MONSIEUR ! SACHEZ QUE CES PIERRES REVÊTENT À MES YEUX UNE IMPORTANCE CAPITALE !
LES BRISER AURAIT ENTRAÎNÉ IRRÉMÉDIABLEMENT DE REGRETTABLES CONSÉQUENCES !
CALMEZ-VOUS ... MA DÉMONSTRATION NE VISAIT QU'À PROUVER UNE CHOSE DE MANIÈRE IRRÉFUTABLE ...
... CES TROIS OPALES SONT FAUSSES !
?!?
36

L'OPALE EST FRAGILE ...
... REGARDEZ ...
... LE MOINDRE CHOC LES ENDOMMAGE ...
CLAC
ON VOUS A TROMPÉ SUR LA MARCHANDISE !
À VOTRE AVIS, CES PIERRES ONT-ELLES QUAND MÊME UNE CERTAINE VALEUR OU UNE QUELCONQUE PARTICULARITÉ ?
JE L'IGNORE ... IL ME FAUDRAIT UN PEU DE TEMPS POUR LES ÉTUDIER ...
SERIEZ-VOUS DISPOSÉ À ME LES LAISSER EN DÉPÔT PENDANT DEUX OU TROIS JOURS ? ... UNE SEMAINE TOUT AU PLUS ! ...
HMMM ... JE COURS UN GROS RISQUE EN VOUS LES CÉDANT ...
SI VOUS VOUS MÉFIEZ DE MOI, POURQUOI ÊTES-VOUS VENU ME TROUVER ?
J'AI BESOIN DE VOS LUMIÈRES, EN EFFET ...
MAIS JE DOIS VOUS AVERTIR QUE MALGRÉ LES APPARENCES, CES CAILLOUX SONT TRÈS CONVOITÉS PAR DES GENS PEU RECOMMANDABLES ... SI JE VOUS LES CONFIE, LA MENACE PÈSERA ÉGALEMENT SUR VOUS ...
LA VIE N'EST-ELLE PAS UNE SUITE DE RISQUES CALCULÉS ?
J'HÉSITE ...
37

— Où est passé Rubens ? Je m'ennuie, moi, à la fin !

— Léopold ! As-tu aperçu notre ami ?

— Non, monsieur...

— Bah ! Il finira bien par revenir...

— Je vous souhaite une bonne nuit et vous demande une fois encore de me pardonner cette intrusion...

— Il n'y a pas de mal, très cher !

— Mon partenaire a disparu... Ça vous dirait de le remplacer ?

— Désolé, madame...

— Je dois rejoindre des amis qui attendent de mes nouvelles...

— Vos amis ont bien de la chance...

CELA AURA ÉTÉ FINALEMENT PLUS FACILE QUE PRÉVU...

EH ! VOUS !

?!

ARRÊTEZ !
POURSUIVEZ-LE !
IL EST ENCORE VIVANT ...
?!
APPROCHE LA TORCHE ...
IL PORTE UNE MORSURE À LA GORGE ...
OW !
40

LA PLAIE EST ASSEZ PROFONDE ... COMME SI DEUX PETITES INCISIVES S'ÉTAIENT FICHÉES DANS SON COU ...
IL A PEUT-ÊTRE ÉTÉ MORDU PAR UN RAT ...
C'EST FORT POSSIBLE ...
COMME IL EST FORT POSSIBLE ALORS QUE L'HOMME SOIT ATTEINT DE LA PESTE ...
ANVERS A DÉJÀ CONNU LES RAVAGES DU FLÉAU ... NOUS DEVONS SIGNALER CE CAS ET PRENDRE LES MESURES NÉCESSAIRES ...
CRACK
MAUDITES OPALES ! QUEL POUVOIR RENFERMEZ-VOUS POUR EXIGER LE PRIX DU SANG ? ...
41

— Tu es encore faible, WALAYA... Tu ne devrais pas te lever...

— Tu es un bon médecin, ALASSANE, mais je sais mieux que toi ce que je suis ou non capable de faire...

— Comment va ERIK ?

— Il dort encore... Il a eu de violentes poussées de fièvre au cours de la nuit... mais il est plus calme depuis l'aube...

— Et JOACHIM ?

— Je ne l'ai pas revu depuis la nuit dernière... Il n'est pas encore rentré...

— ?!?

— Où est passée l'OPALE ?

— JOACHIM les a emportées toutes les trois... Il envisageait de se rendre seul chez le gemmologue...

— ...

— Que s'est-il passé ? J'ai l'impression d'avoir fait un affreux cauchemar...

— Les plaies qui couvrent votre corps attestent que le rêve a parfois des accents de réalité !

— Contente de te voir émerger, compagnon !

— Désolée de te bousculer au saut du lit, mais on a un sérieux problème...

— Je t'écoute...

— Cette nuit, juste après que les rats nous ont attaqués, notre ami Pratentis s'est rendu seul chez Tavernier... Depuis il a disparu avec les opales...

— Et que faut-il en penser ?

— On peut supposer qu'il a appris quelque chose d'essentiel...

— Je suis assez d'accord... Peut-être même a-t-il découvert le secret des opales et envisage-t-il de ne pas le partager...

— Avec ses grands airs, nous aurions dû nous méfier ! Trop poli pour être honnête !

— Je te rappelle qu'il n'y a pas si longtemps, c'est de moi que tu te méfiais...

— N'oubliez pas non plus qu'il vous a sauvé la vie en vous débarrassant des rats et qu'il est venu chercher de l'aide sur le vaisseau au lieu de vous laisser agoniser dans le ruisseau...

— S'il avait été aussi dénué de scrupules que vous le dites, il vous aurait tout simplement abandonnés...

— Tu as raison, nous sommes injustes...

— Ce qui est à craindre, c'est qu'il lui soit arrivé quelque chose...

— Il n'était pas très vaillant lorsqu'il est reparti d'ici et il a très bien pu perdre connaissance sans que personne ne lui porte assistance...

— Nous voilà à nouveau dans le brouillard...

BOM
BOM
BOM
?!
QUE SE PASSE-T-IL ?
LE BRUIT COURT DANS LE PORT QU'UN CAS DE PESTE A ÉTÉ DÉCOUVERT CETTE NUIT EN VILLE ...
CONNAÎT-ON L'IDENTITÉ DE LA PERSONNE ?
NON, MAIS ON RACONTE QU'UN BÛCHER VIENT D'ÊTRE DRESSÉ POUR SE DÉBARRASSER DU CORPS ET QUE DES MESURES VONT ÊTRES MISES EN OEUVRE DÈS À PRÉSENT POUR ENDIGUER TOUT RISQUE D'ÉPIDÉMIE ...
VOUS AVEZ ENTENDU ? LES ÉQUIPAGES ET LES VAISSEAUX VONT ÊTRE MIS EN QUARANTAINE D'ICI PEU ...
SI VOUS VOULEZ CONSERVER VOTRE LIBERTÉ D'ACTION, VOUS FERIEZ MIEUX DE QUITTER LE BORD IMMÉDIATEMENT !
ALLONS VOIR DE QUOI IL RETOURNE ...
JE TE SUIS ...
44

— As-tu pris tes renseignements ?

— À l'instant...

— ?!

— Les informations que nous a données Frère Pétrus Pauws cette nuit viennent de m'être confirmées...

— ...Il s'agit bien du dénommé Joachim Pratentis...

— ?!

— Et grâce à ce petit coup de pouce du destin, les trois pierres se trouvaient sur lui au moment où notre frère l'a découvert ! Ars Magna est donc rentrée en possession des opales... Nos adversaires se révèlent moins coriaces que prévu !

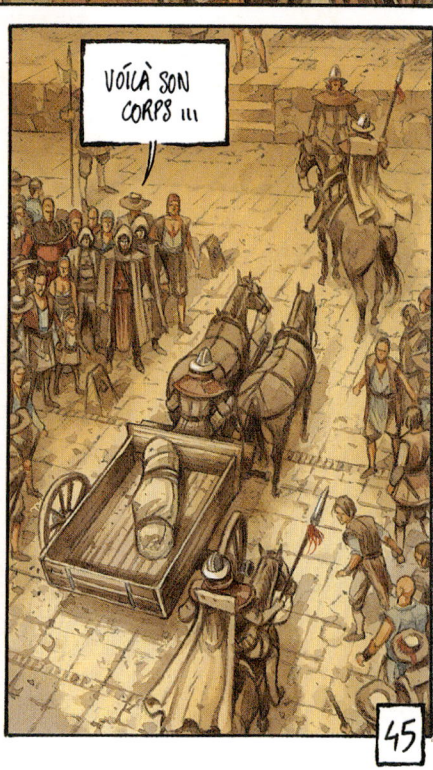

— PLACE !

— Voilà son corps...

45

- ON NE PEUT PAS RESTER LÀ LES BRAS CROISÉS ! IL FAUT FAIRE QUELQUE CHOSE...

- C'EST INUTILE, ERIK...

- JOACHIM EST MORT... ET AVEC LUI DISPARAÎT LA QUINTESSENCE DE NOTRE PETIT CLAN...

- ...DÉSORMAIS, NOUS NE SOMMES PLUS LIÉS PAR AUCUN SERMENT...

CORBEYRAN _ HAMM _ GRUN
PROCHAIN ÉPISODE : "LES GEMMES"